音乐与古诗词系列

同唱古诗词（一）

管颖丹 作曲

中央音乐学院出版社

音乐与古诗词系列

同唱古诗词

（一）

管慧丹 作曲　宋风英 配图

图书在版编目(CIP)数据

同唱古诗词 ：全 3 册/管慧丹作曲 ；宋凤英配图. —北京 ：中央音乐学院出版社，2017.5（2019.3）
（音乐与古诗词系列）
ISBN 978－7－81096－812－6

Ⅰ.①同… Ⅱ.①管… ②宋… Ⅲ.①古典诗歌—诗集—中国—儿童读物 Ⅳ.①I222.72

中国版本图书馆 CIP 数据核字（2017）第 084435 号

TÓNGCHÀNG GǓSHĪCÍ
同唱古诗词（全 3 册）

管慧丹作曲
宋凤英配图

出版发行：中央音乐学院出版社
经　　销：新华书店
开　　本：A4　　印张：8.25
印　　刷：北京宏伟双华印刷有限公司
版　　次：2017 年 5 月第 1 版　　2019 年 3 月第 2 次印刷
印　　数：3,001—6,000 册
书　　号：ISBN 978－7－81096－812－6
定　　价：78.00 元

中央音乐学院出版社　北京市西城区鲍家街 43 号　邮编：100031
发行部：（010）66418248　66415711（传真）

目录

乘着歌声的翅膀

——为管慧丹创作的《同唱古诗词》作序

中华经典诗词是每个中国孩子都应该学习、了解并热爱的优秀传统文化。儿童期无疑是学习古诗词的教育良机，抓住这个时机进行良好的教育会取得事半功倍的效果，这早已是人人皆知、人人都有的共识。

诗歌不分家，诗与歌本是一体的，本是可以为一体的，但在中华文明中，当作为语言艺术的诗成熟、发达、强大到脱离了乐而不成歌时，就有很多作曲家想把乐还给诗、赋予诗，于是就有了许多以诗为词进行配乐的古诗词歌曲。为古诗配上音乐的旋律使其成为歌，早已是作曲界常见的创作选题。

但是管慧丹的古诗词歌曲创作略有不同——她是为了给孩子听、让孩子唱而创作古诗词歌曲的。这其中自然有一举两得的目的：既让孩子热爱音乐，又让孩子热爱经典诗词；既通过诗词承载孩子的歌唱欲望，又通过歌唱让孩子浸润到诗中得到滋养。在孩子最爱唱歌、最需要歌唱的时候，把文学启蒙教育融入其中，让音乐把诗的魅力种在孩子的心田，待将来发芽。这个儿童审美教育的路径值得重视。

背古诗，似乎已经成了中国幼童的必修课，家长不让孩子从小背几首诗，似乎就有“子不教，父之过”（“母之过”）的愧疚感。但是从语言学与发展心理学的科学角度看，当孩子还不能领会诗的意义、不能体验诗的意境时，机械的背诵不仅是效率很低的教育，而且还有可能因机械背诵的枯燥，破坏了孩子对诗的兴趣。因此我认为，如果家长希望提早启动孩子的诗词教育，那么从儿童诗词歌曲开始无疑是最好的——不仅是最好的，在我看来，还是唯一的教育切入点。

管慧丹作曲的这套“音乐与古诗词系列”之《同唱古诗词》（共 3 册），不仅在诗词的选择上充分地考虑了孩子的认知特点，尽量与儿童的认知发展水平接近，也尽量地考虑了儿童音乐审美能力与歌唱能力的发展水平，在老师的指导下，这套歌曲完全可以做得到成为孩子听得懂、学得会、唱着美的中华经典诗词歌曲。最重要的是：这些歌曲在出版前是经过孩子们检验的——在大量的儿童教唱过程中，这些歌曲被证明是孩子爱听、爱唱的歌曲。能够做到这一点，是与管慧丹长年从事儿童音乐审美教育的学习、研究与实践的基础以及对幼儿教育规律的领悟力分不开的，特别是与她长年执着于在幼儿音乐审美教育领域的耕耘分不开的。

希望管慧丹能够有更多的作品问世，也希望中国孩子的审美教育能够走上更高的水平，让教育本身，成为孩子幸福童年的组成部分。

周海宏

2017 年 2 月 15 日

周海宏，博士，中央音乐学院音乐学系教授，博士生导师。
音乐心理学家、美学家、教育学家。多年从事音乐审美与教育心理学的研究与教学工作。

孩子的启蒙教育从声音开始

——为《同唱古诗词》作序

孩子的“听力”，在五官五感中发展得最早，从在娘胎里就开始偷偷听取他要降临的世界，了解这个世界的动静。所以，很多幼教专家都提醒母亲，当宝宝还在肚子里的时候，就要以最清晰、最优美的声音，用抑扬顿挫的语调、愉悦的声音跟孩子说话；在孩子诞生后，每当在喂奶、换尿布、洗澡澡的时候，都不要忘了跟孩子说话；即使在孩子入睡的时候，也要播放天籁美音的音乐。不要错过孩子最早的胎教，也不要错过孩子最好的早教。声音，就是我们送给孩子最早的启蒙教育。

声音，是语言学习和认知学习的教育管道。所以，好听的语言、美好的音乐都是教育的开始，孩子也许听不懂，但是孩子感觉得到母亲的慈爱、这个世界的友善，孩子感受到被呵护、被爱着，进而感到安全、愉快，进而享受生命的美好和喜悦。它们还能培养孩子安定沉稳的心理情绪，陶冶自信快乐的生命情怀。

音乐，是一组经过计划、有组织的声音艺术；

诗词，是语言的音乐，是文字艺术的最高表现。

当音乐和诗词手牵手的时候，我们的生命就会舞蹈，我们的心灵就会歌唱，因为这是我们人类文明进步中最美好的文化。今天我们把“音乐与古诗词系列”之《同唱古诗词》的作品送给孩子，就是把我们中国最美好的精神文明送给孩子，这是给我们孩子最好的礼物，也是为人父母者给孩子最好的教育。

管老师是音乐人，也是极少数专注于为孩子创作歌曲的音乐人。由于我们曾经合作的经验，每次见面，管老师总会情不自禁地，一边敲着拍子一边唱出她最新的作品，她倾心为孩子创作的精神，充满了孩子的纯真，令人感动！

“音乐与古诗词系列”之《同唱古诗词》分成3册，每一册选取16首古诗词作品，一共48首，都是我国传统诗词中精品中的精品。这些文化教育素养中必读必诵的经典，配上管老师轻快愉悦的歌曲，可以读、可以诵、可以唱，更可以随着歌曲的节奏舞蹈，让孩子快乐地徜徉沐浴在传统诗词温暖的阳光中，丰富生命的情感，积淀文化的底蕴。

台湾有一句有名的广告词说：学音乐的孩子不会变坏。事实上学理上的论述是：在音乐学习中长大的孩子，透过乐器的音色、曲调的高低快慢和强弱变化，可以启发孩子的感官，刺激知觉的觉醒，从听觉延伸到视觉、嗅觉、味觉和触觉的发展。因此，可以培养敏锐的感受力，为将来的具象学习和抽象学习打下基础，帮助宝宝成为一个学习成功的孩子。

作为一个有着 40 多年经验的教育工作者，我经常劝导家长不要太焦虑，不要急着往孩子脑子里塞太多东西。但是只有音乐、体育和舞蹈，可以永远不嫌早，尤其是对音乐的接触与学习。因为，听觉是人类发展最早的知觉，有关音乐的学习可以及早启动。也就是说音乐是孩子最好的启蒙教育，有助于孩子身体的发育、情绪的沉静安定和早期的语言发展，孩子在往后的认知学习中都会无往而不利的。

陈木城

2017 年 2 月 28 日

陈木城，台湾儿童文学作家，曾任教师、校长，小学语文课本主编，儿童文学学会理事长。
现在致力于全球华人 21 世纪未来教育建设，任职全华国际教育公司董事长。

山村咏怀

〔宋〕邵　雍词
管慧丹曲

♩=80
一 去 二 三 里，烟 村 四 五 家。
1=F 4/4 6 2 3 1 2 | 7 6 5 7 6 - |
亭 台 六 七 座，八 九 十 枝 花。
6 2 3 3 1 | 7 6 5 7 6 - ‖

画

〔唐〕王　维词
管慧丹曲

♩=85
1=F 5/4
5 3 3 1 3 0 0 | 5 2 2 1 2 0 0 |
远看山有色，近听水无声。
5 3 3 5 4 0 0 | 7 2 5 2 1 0 0 ‖
春去花还在，人来鸟不惊。

咏柳

〔唐〕贺知章词
管慧丹曲

静夜思

〔唐〕李　白词
管慧丹曲

♩=120

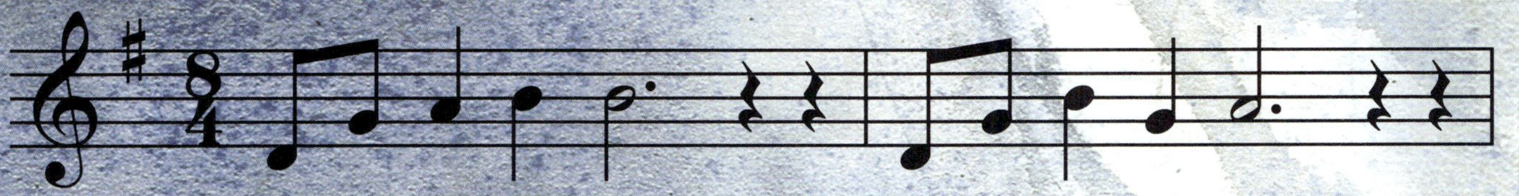

床 前 明 月 光，　疑 是 地 上 霜。

1=G $\frac{8}{4}$ 5̣ 1 2 3 3 - - 0 0 | 5̣ 1 3 1 2 - - 0 0 |

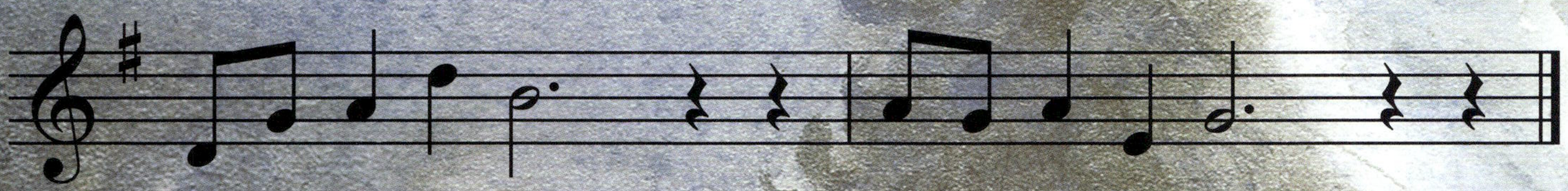

举 头 望 明 月，　低 头 思 故 乡。

5̣ 1 2 5 3 - - 0 0 | 2 1 2 6̣ 1 - - 0 0 ‖

小池

〔宋〕杨万里词
管慧丹曲

春夜喜雨

〔唐〕杜　甫词
管慧丹曲

春晓

〔唐〕孟浩然词
管慧丹曲

春 眠 不 觉 晓，　处 处 闻 啼 鸟。

1=E $\frac{4}{4}$ 2 6 6 5 6 – | 2 2 1 3 2 – |

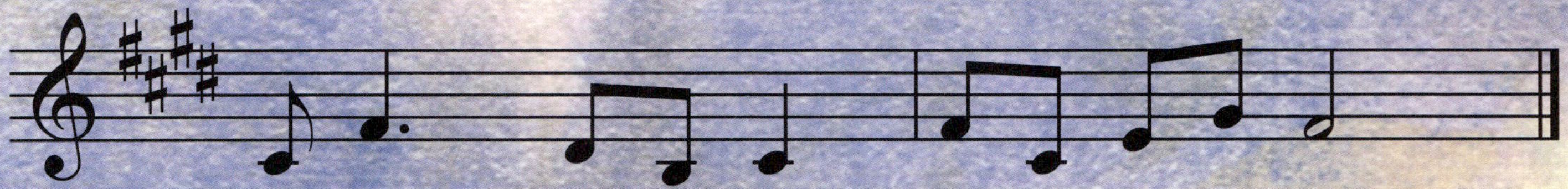

夜 来 风 雨 声，　花 落 知 多 少。

6 2· 7 5 6 | 2 6 1 3 2 – ||

寻隐者不遇

〔唐〕贾　岛词
管慧丹曲

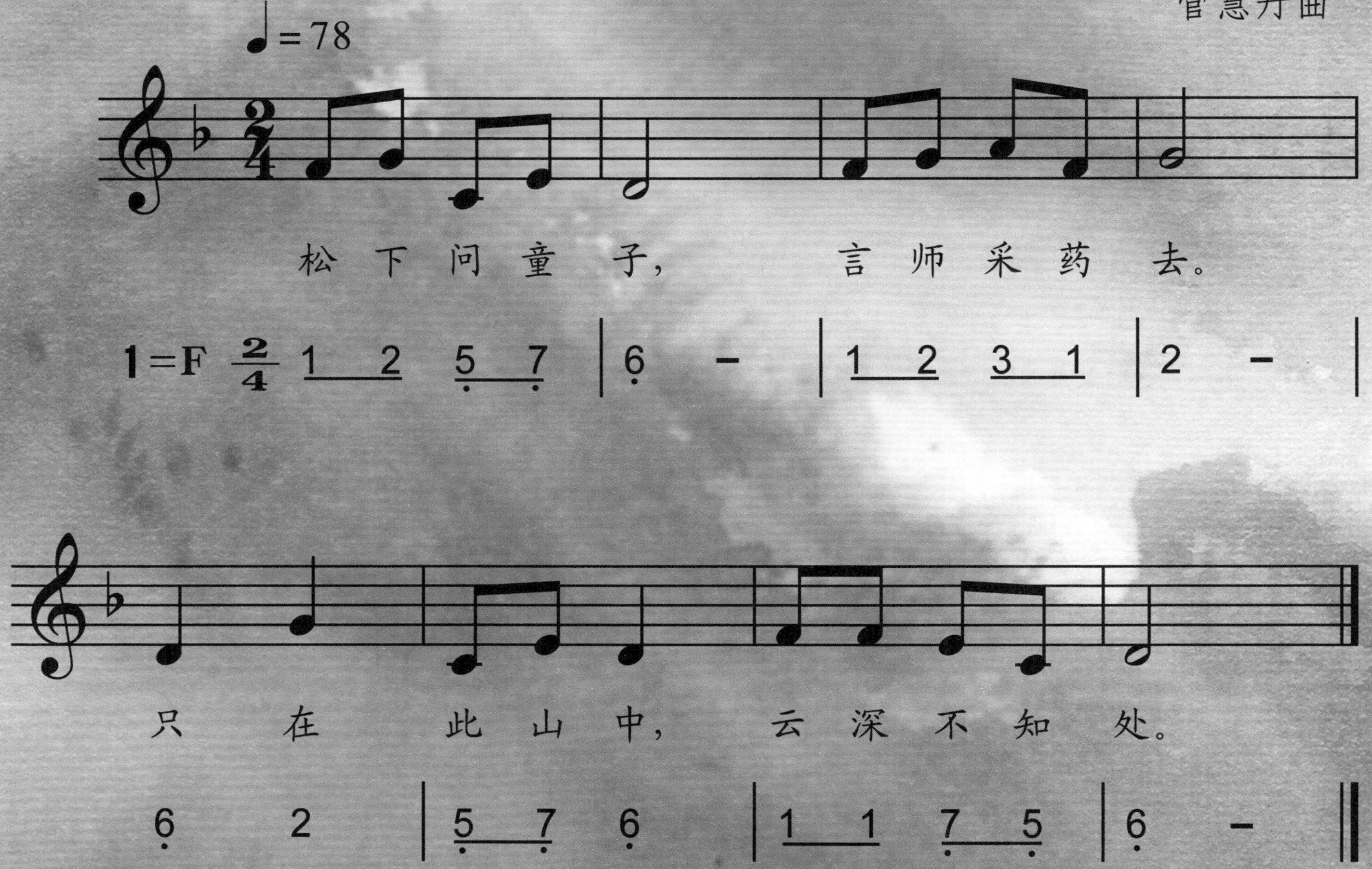
♩=78
松下问童子，言师采药去。
1=F 2/4
只在此山中，云深不知处。

风

〔唐〕李　峤词
管慧丹曲

解　落　三　秋　叶，　能　开　二　月　花。

1=C $\frac{4}{4}$ 1 3 5 6 5 – | $\dot{1}$ 6 5 6 5 – |

过　江　千　尺　浪，　入　竹　万　竿　斜。

$\dot{1}$ 6 5 6 5 $\dot{1}$ 1 | 3 2 1 – ‖

竹枝词二首·其一

〔唐〕刘禹锡词
管慧丹曲

东 边 日 出 西 边 雨，
2 2 2 | 2 6 | 1· | 6· |
道 是 无 晴 却 有 晴。
5 6 5 | 1 3 | 2· | 1· ||

古朗月行（节选）

〔唐〕李　白词
管慧丹曲

♪=180
1=F 6/8 1· 2· | 6 1 2· | 5 6 3 5 | 2· 2· |
小 时 不 识月， 呼 作白 玉 盘。
X· X· X X X·
又 疑 瑶 台镜， 飞 在 青 云 端。
(5 3 2 6 1 2 | 5 3 2 6 1 2) | 6 5 1 6 | 2· 2· ||

琵琶行（节选）

〔唐〕白居易词
管慧丹曲

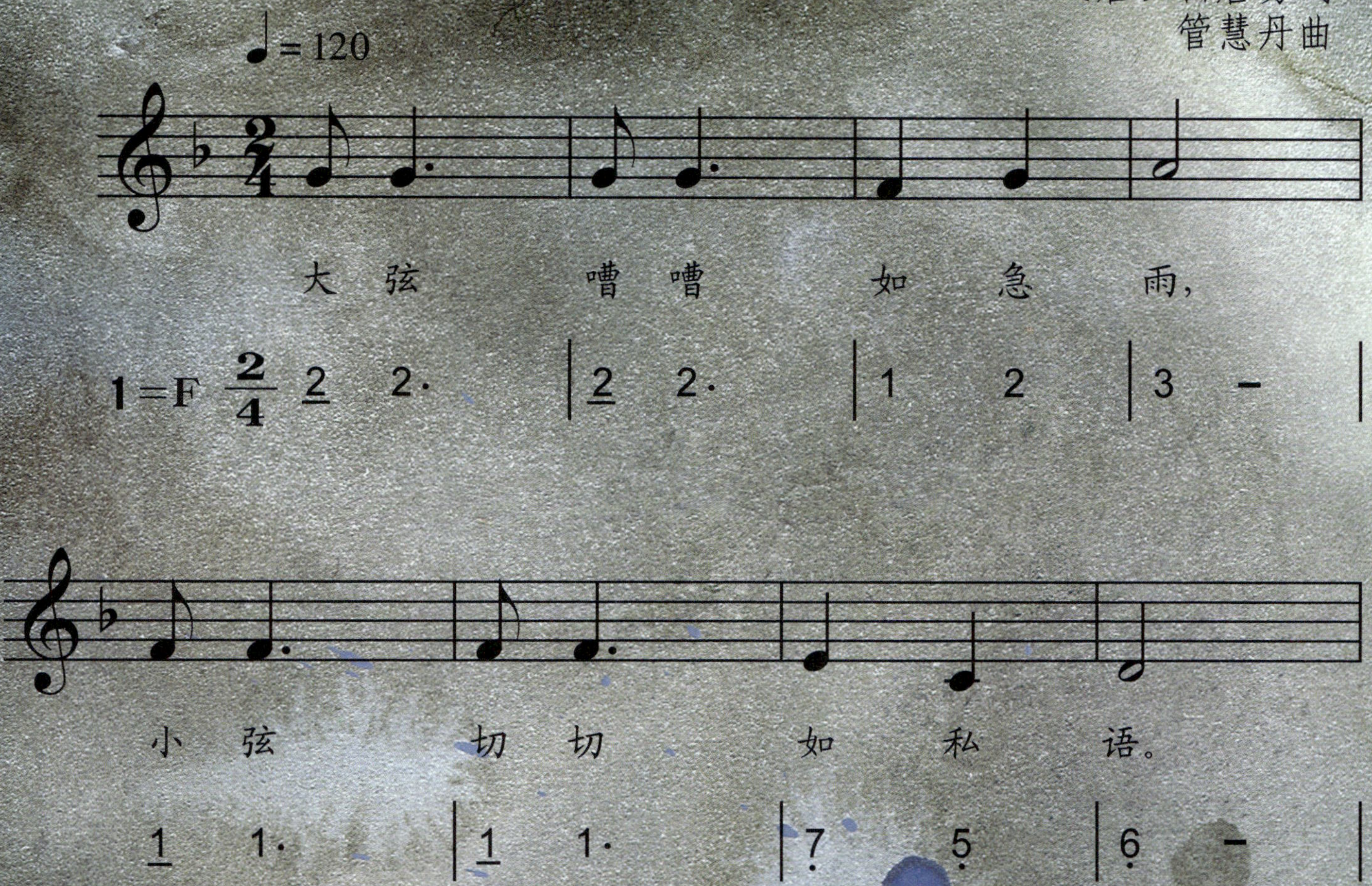
♩=120
1=F 2/4
大弦嘈嘈如急雨，
2 2· | 2 2· | 1 2 | 3 – |
小弦切切如私语。
1 1· | 1 1· | 7 5 | 6 – |

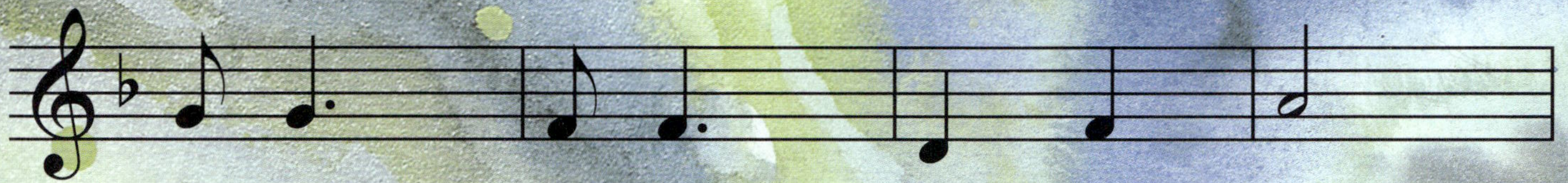

嘈　嘈　切　切　错　杂　弹，

2̲ 2· | 1̲ 1· | 6̣ 1 | 3 – |

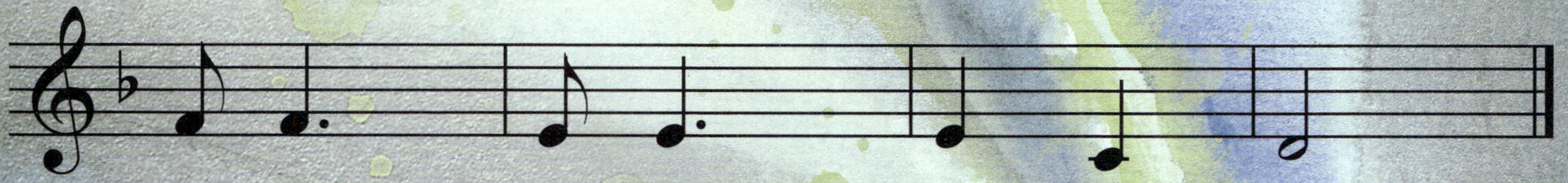

大　珠　小　珠　落　玉　盘。

1̲ 1· | 7̣̲ 7̣· | 7̣ 5̣ | 6̣ – ‖

咏鹅

〔唐〕骆宾王词
管慧丹曲

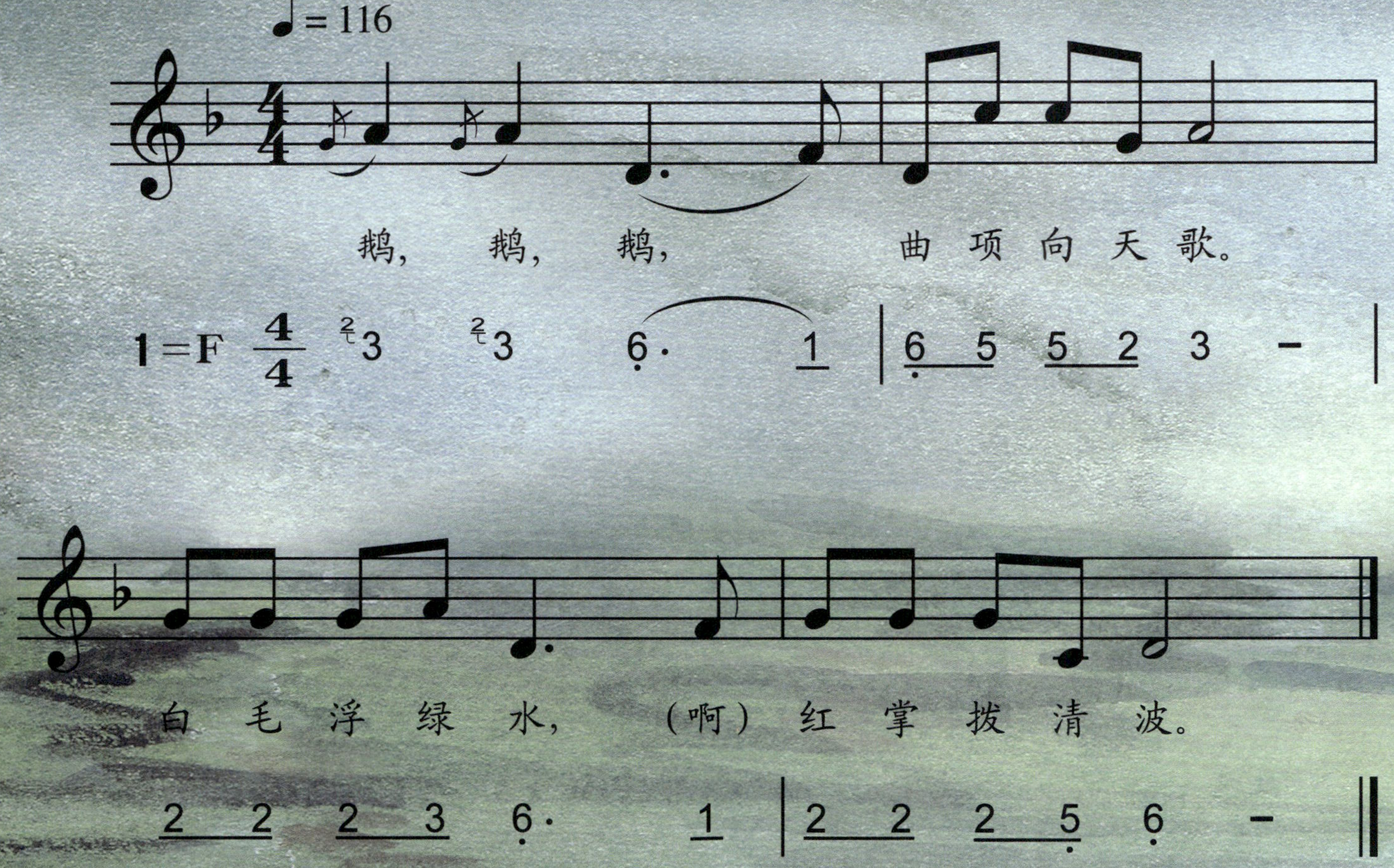
♩=116
1=F 4/4
鹅，鹅，鹅，曲项向天歌。
白毛浮绿水，（啊）红掌拨清波。

鹿柴

〔唐〕王　维词
管慧丹曲

返 景 入 深 林，
2 5 – – | 6 4 2 – – |
复 照 青 苔 上。
2 5̣ – – | 1 2 2 – – ‖

村居

〔清〕高 鼎词
管慧丹曲

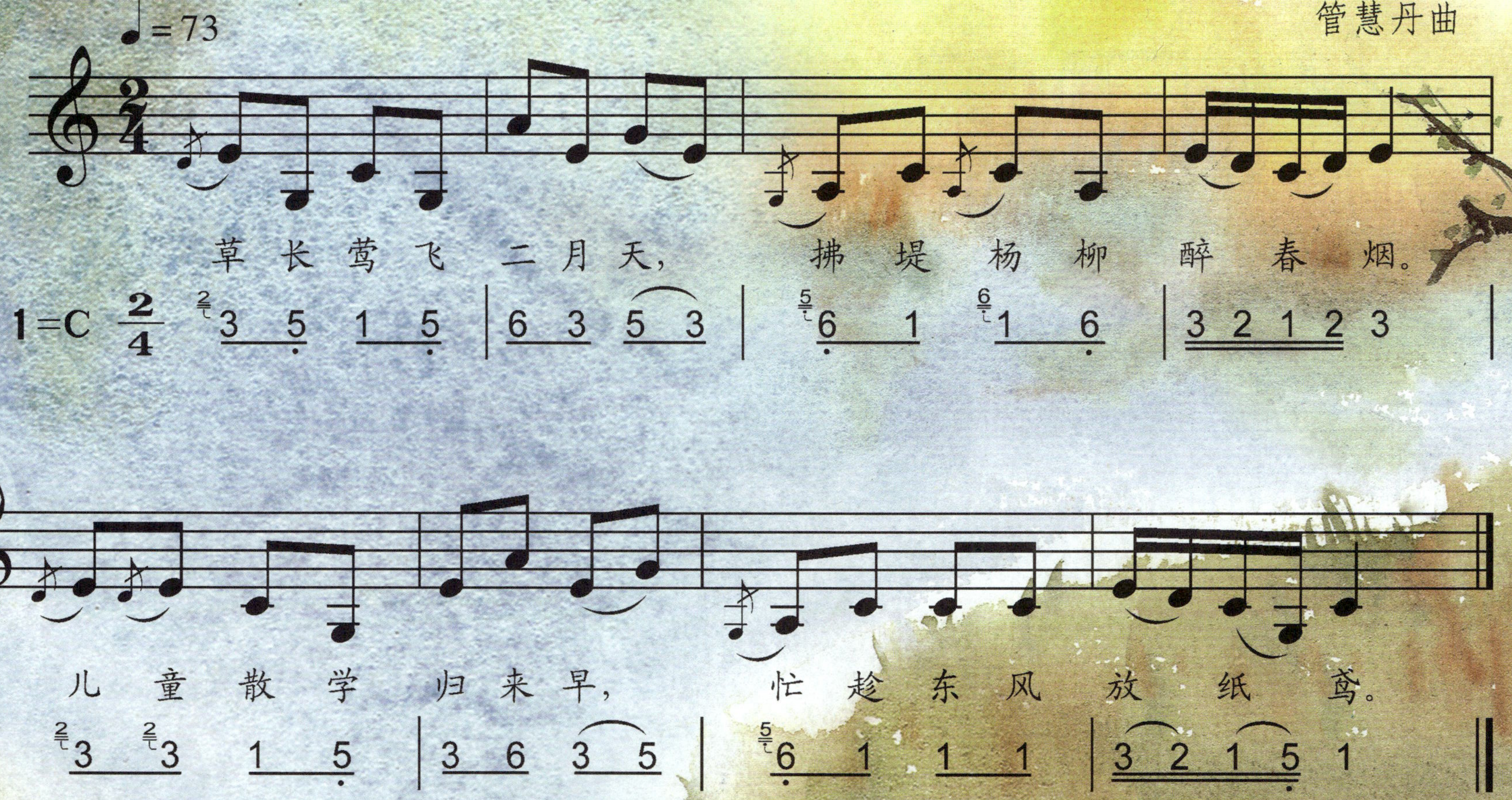
♩=73
1=C 2/4
草长莺飞二月天，拂堤杨柳醉春烟。
儿童散学归来早，忙趁东风放纸鸢。

江南

汉乐府民歌
管 慧 丹曲

鱼戏莲叶北。江南可采莲，莲叶何田田。
鱼戏莲叶间，东西南北间。

索引

字母	歌曲名称	调式与调性	拍号	音域	节奏型	页码
L	鹿　柴	G 商五声调式	$\frac{4}{4}$	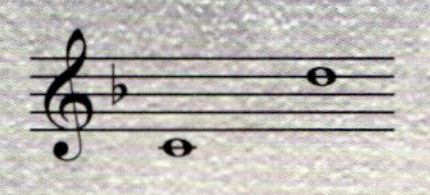		32
P	琵琶行（节选）	d 小调	$\frac{2}{4}$	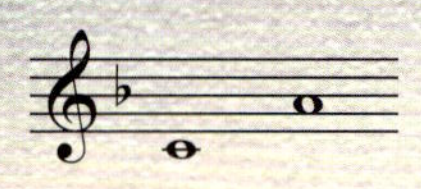		28
S	山村咏怀	d 小调	$\frac{4}{4}$	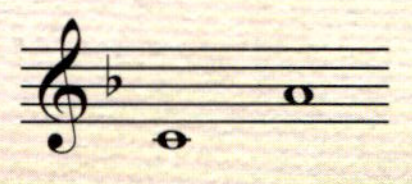		7
X	寻隐者不遇	D 羽六声调式（变宫）	$\frac{2}{4}$	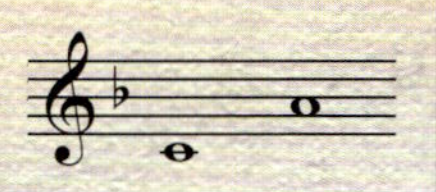		21
	小　池	C 宫五声调式	$\frac{4}{4}$	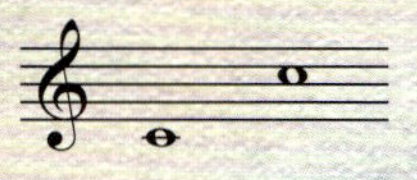		14
Y	咏　鹅	d 小调	$\frac{4}{4}$	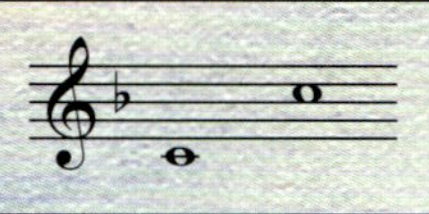		31
	咏　柳	B 羽五声调式	$\frac{3}{4}$	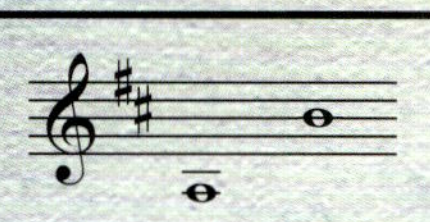		10
Z	竹枝词二首·其一	E 宫五声调式	$\frac{3}{8}$			24

策划统筹：余　原
责任编辑：余　原
装帧设计：华　凯

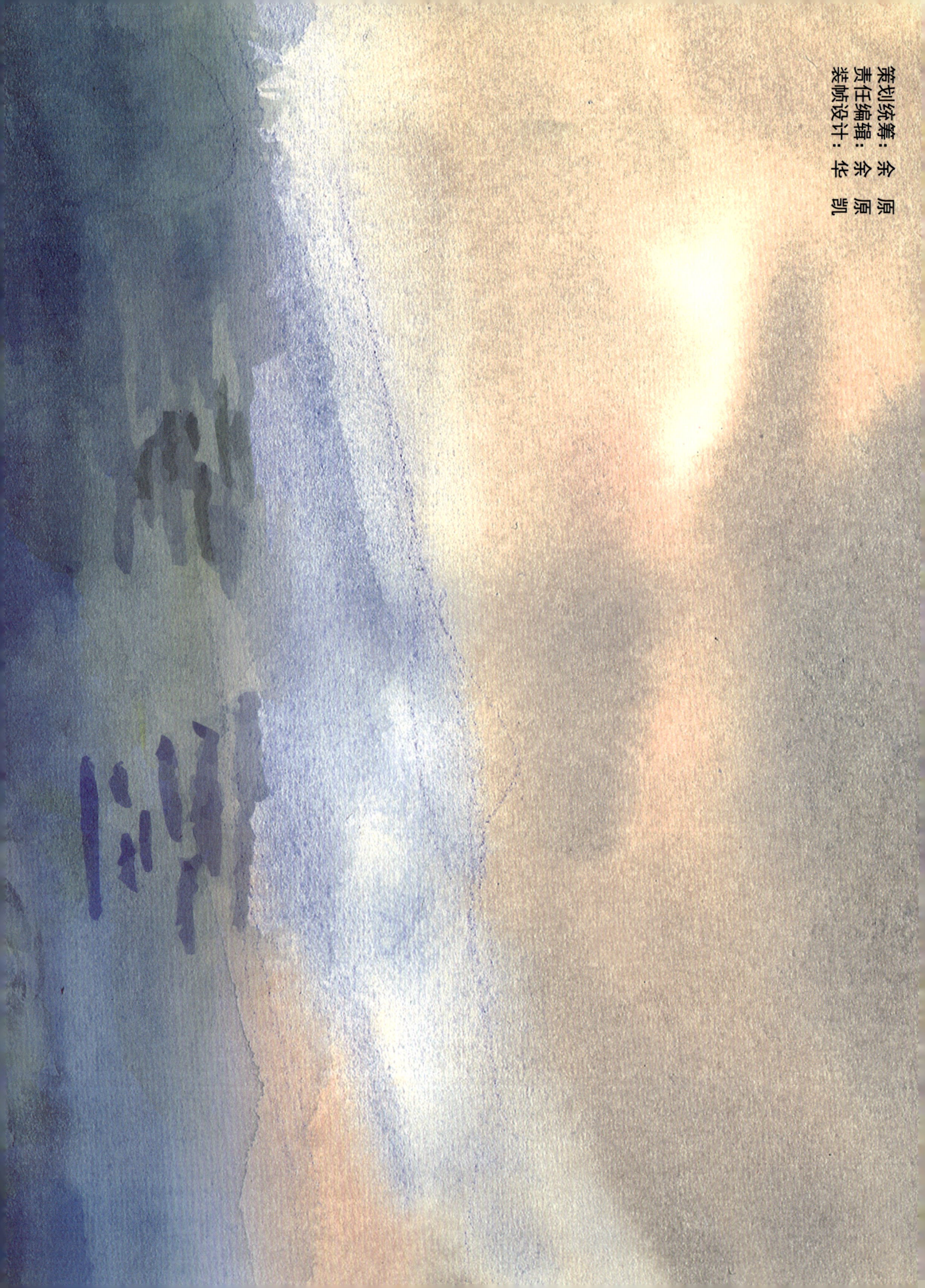

音乐与古诗词系列
同唱古诗词（二）
管慧丹 作曲
中央音乐学院出版社

音乐与古诗词系列
同唱古诗词
（二）
管思丹 作曲 朱凤英 配图

目录

池上
〔唐〕白居易词
管慧丹曲
♪ = 176
小 娃（娃）撑 小 艇， 偷 采（那）白 莲
1=D 6/8 3 6 6 5 3 | 6· 6· | 5 5 6 2 #4 |
回。 不 解（这）藏 踪 迹，
3· 3· | 2 3 6 1 2 | 3· 3· |

♩=88
浮 萍（儿）一 道 开。 小 娃 撑 小 艇，
1 1 1 7 5 | 6. 6. | 3/4 3 6 5 3 6 |
偷 采 白 莲 回。 不 解 藏 踪 迹， 浮 萍 一 道 开。
5 6 2 #4 3 | 2 3 6 1 3 | 1 1 7 5 6. ‖

山居秋暝（节选）

〔唐〕王　维词
管慧丹曲

约客

〔宋〕赵师秀词
管慧丹曲

♩= 112
黄梅时节家家雨，青草池塘处处蛙。
1=E 6/4
5 1 3 3 5 4 2 | 3 1 2 5 7 1 2 |
有约不来过夜半，闲敲棋子落灯花。
5 1 3 3 4 5 6 | 5 4 3 1 5 2 1 ‖

江雪

〔唐〕柳宗元词
管慧丹曲

孤 舟 蓑 笠 翁，
1. 1. | 5 2 3. |
独 钓 寒 江 雪。
6 5 3 1 | 2. 2.

绝句二首·其一（节选）

〔唐〕杜　甫词
管慧丹曲

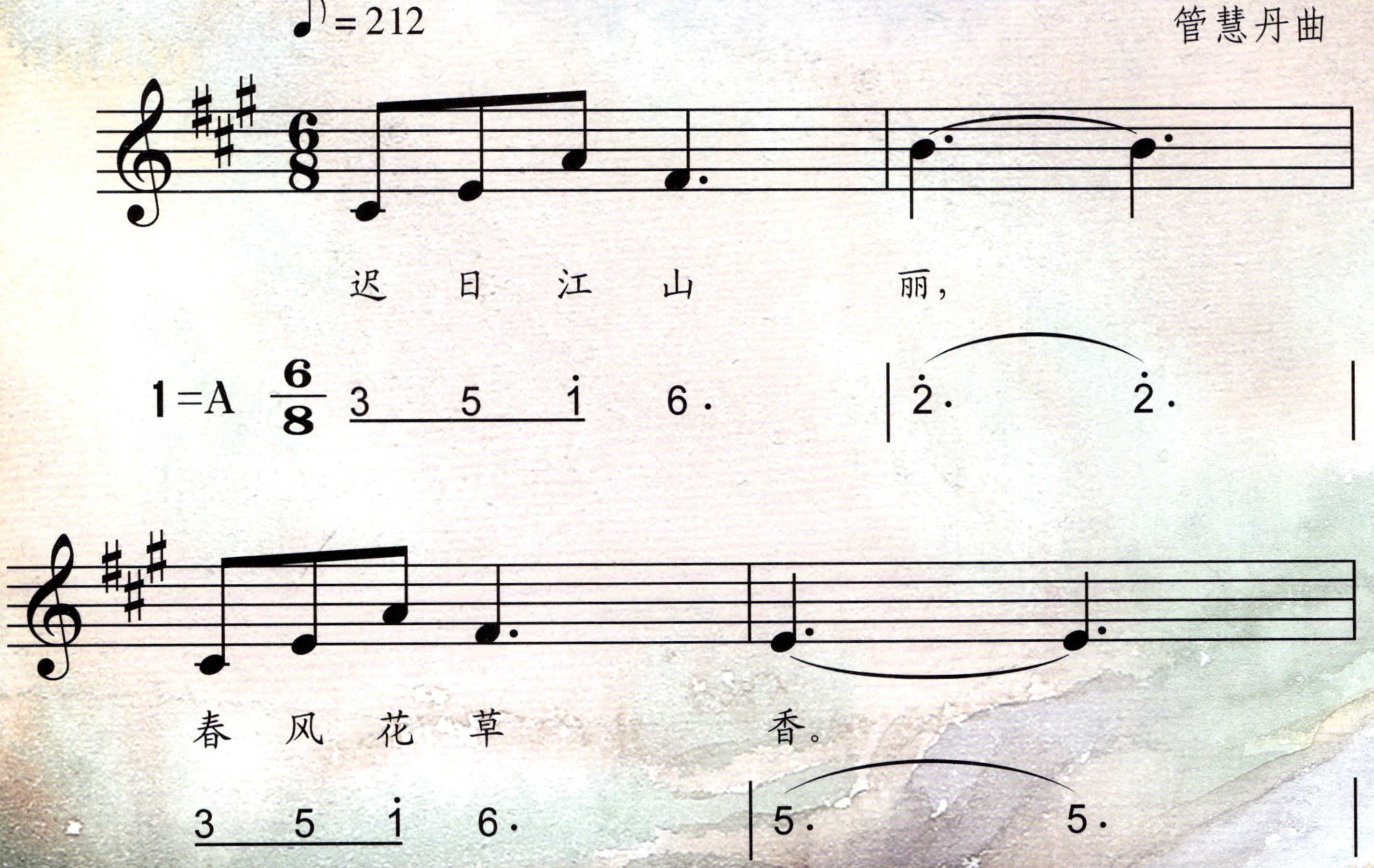
♪=212
1=A 6/8
3 5 i 6· | 2̇· 2̇· |
迟 日 江 山 丽，
3 5 i 6· | 5· 5· |
春 风 花 草 香。

泥 融 飞 燕 子，
3 5 1̇ 6· | 2̇ 2̇ |
沙 暖 睡 鸳 鸯。
1̇ 2̇ 6 1̇· | 5· 5· ‖

登鹳雀楼*

〔唐〕王之涣词
管慧丹曲

白 日 依 山 尽， 黄 河 入 海 流。

1=D $\frac{4}{4}$ 6̣ 1 3 3 3 2 1 | 7̣ 5̣ 6̣ – |

欲 穷 千 里 目， 更 上 一 层 楼。

6̣ 1 4 4 4 3 2 | 1 2 7̣ – |

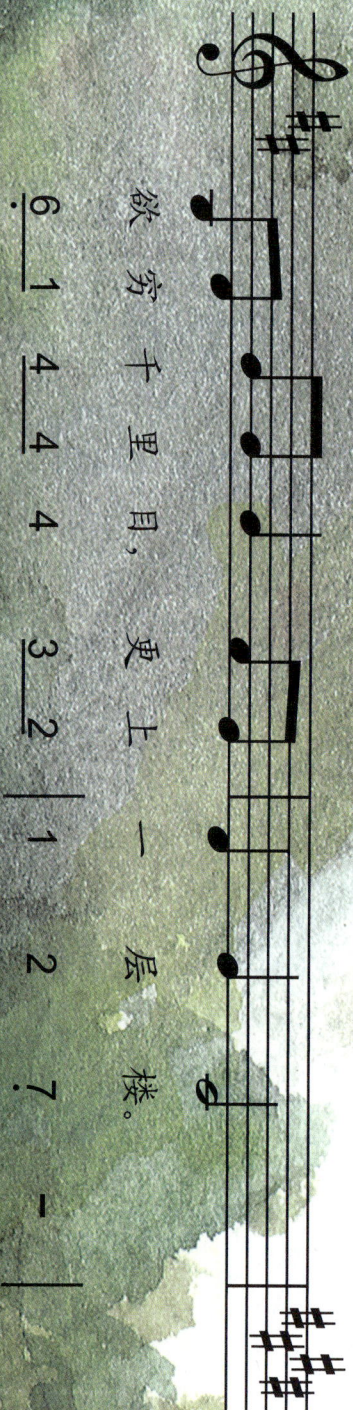

* 本曲可作为练声曲使用。

白日依山尽，黄河入海流。
转 1=E（前 7=后 6）
6 1 3 3 3 2 1 | 7 5 6 - |
欲穷千里目，更上一层楼。
6 1 4 4 4 3 2 | 1 2 7 - |

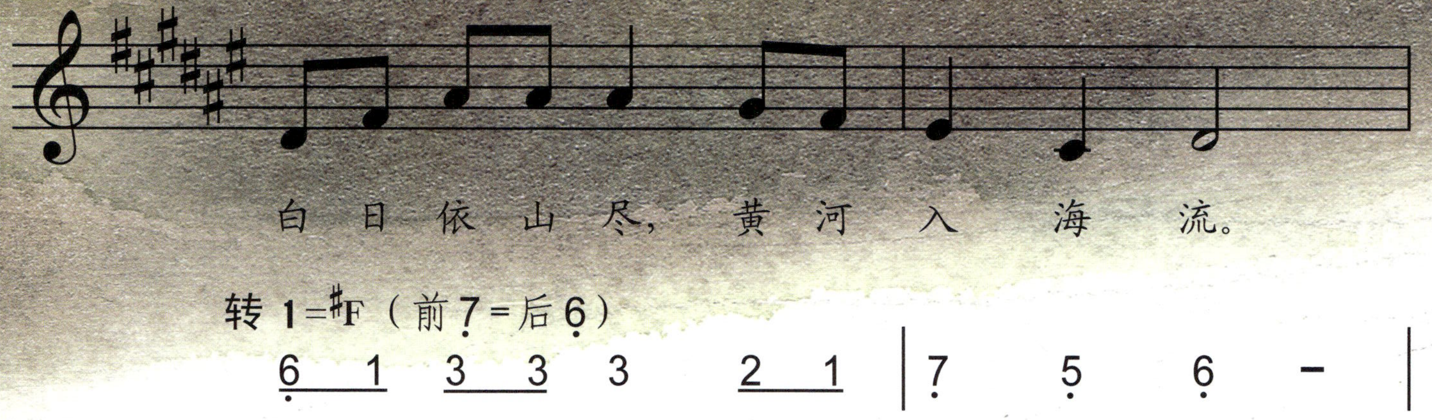
白日依山尽，黄河入海流。
转 1=#F（前 7 = 后 6）
6 1 3 3 3 2 1 | 7 5 6 – |

欲穷千里目，更上一层楼。
6 1 4 4 4 3 2 | 1 2 7 – |

白 日 依 山 尽， 黄 河 入 海 流。

转 1=♭A（前 7̣=后 6̣）

6̣ 1 3 3 3 2 1 | 7̣ 5 6̣ – |

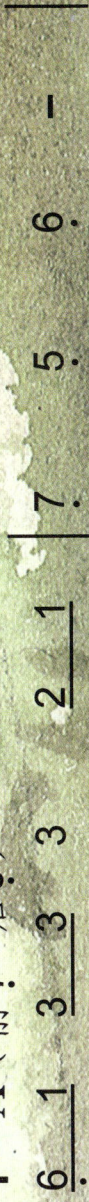

欲 穷 千 里 目， 更 上 一 层 楼。

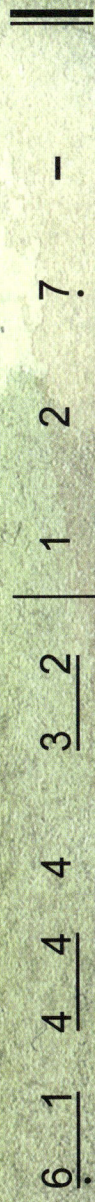

6̣ 1 4 4 4 3 2 | 1 2 7̣ – ‖

九月九日忆山东兄弟

〔唐〕王　维词
管慧丹曲

遥 知 兄 弟 登 高 处，
5 6 5 3 1 | 5. 5. |
遍 插 茱 萸 少 一 人。
3 2 1 6 1 | 2. 2. ||

敕勒歌

北朝民歌
管慧丹曲

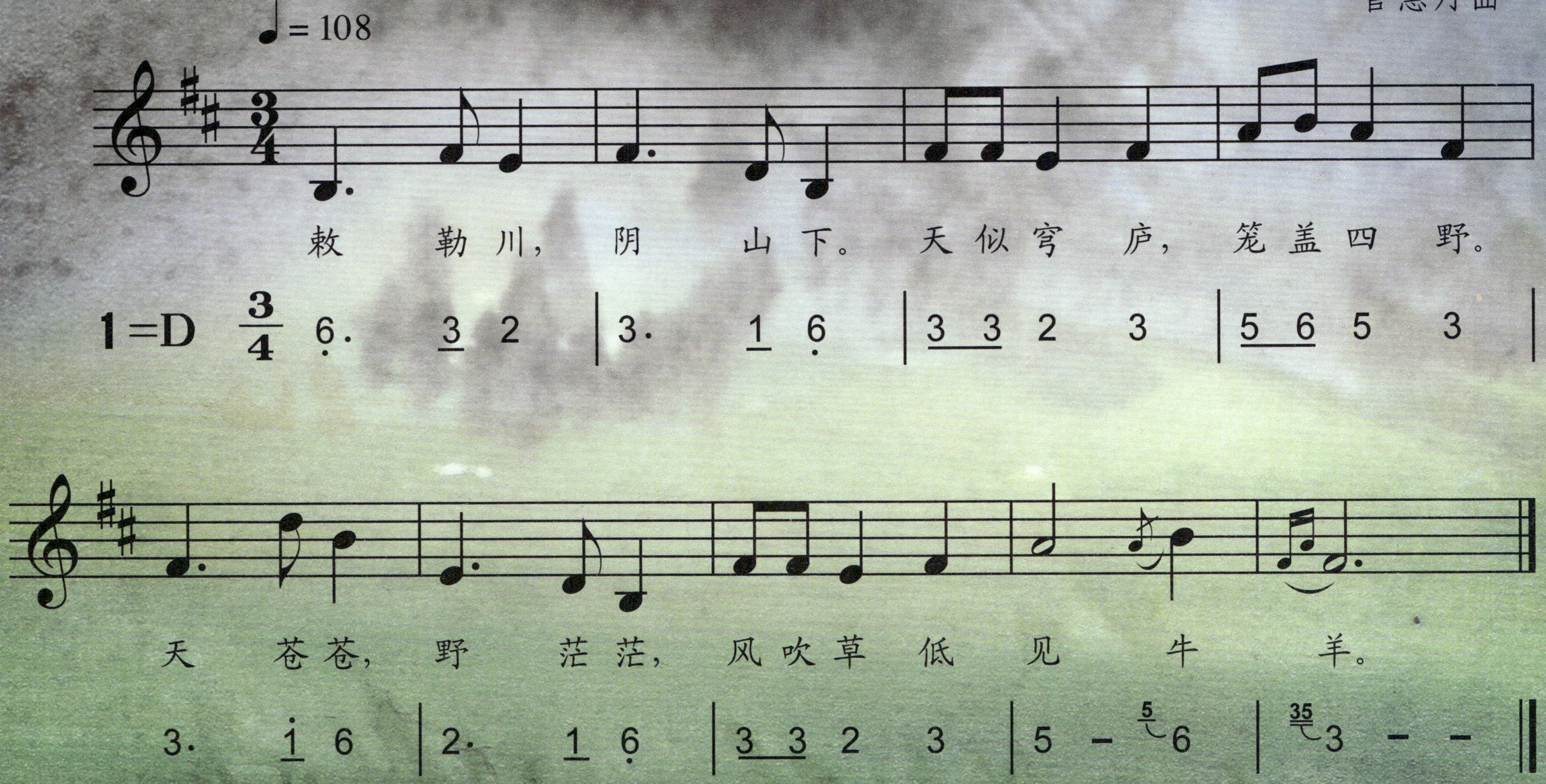
♩=108
1=D 3/4
敕勒川，阴山下。天似穹庐，笼盖四野。
天苍苍，野茫茫，风吹草低见牛羊。

客中初夏

〔宋〕司马光词
管慧丹曲

♩=80
四 月 清 和 雨 乍 晴， 南 山 当 户 转 分 明。
1=C 4/4 2̇ 6 1̇ 5 6 3 2 | 2̇ 6 1̇ 5 6 3 2 |
更 无 柳 絮 因 风 起， 惟 有 葵 花 向 日 倾。
2 3 5 6 1̇ 2̇ 6 1̇ | 5 6 3 5 2 3 2 ||

望庐山瀑布

〔唐〕李　白词
管慧丹曲

飞 流 直 下 三 千 尺（三 千 尺，三 千 尺，三 千 尺），
4/4 6 1 6 1 | 8/4 2 5 3 2 5 3 2 5 3 2 5 3 |
疑 是 银 河 落 九 天（落 九 天，落 九 天，落 九 天）。
4/4 1 1 1 6 | 8/4 6 5 6 6 5 6 6 5 6 6 5 6 ||

清明

〔唐〕杜　牧词
管慧丹曲

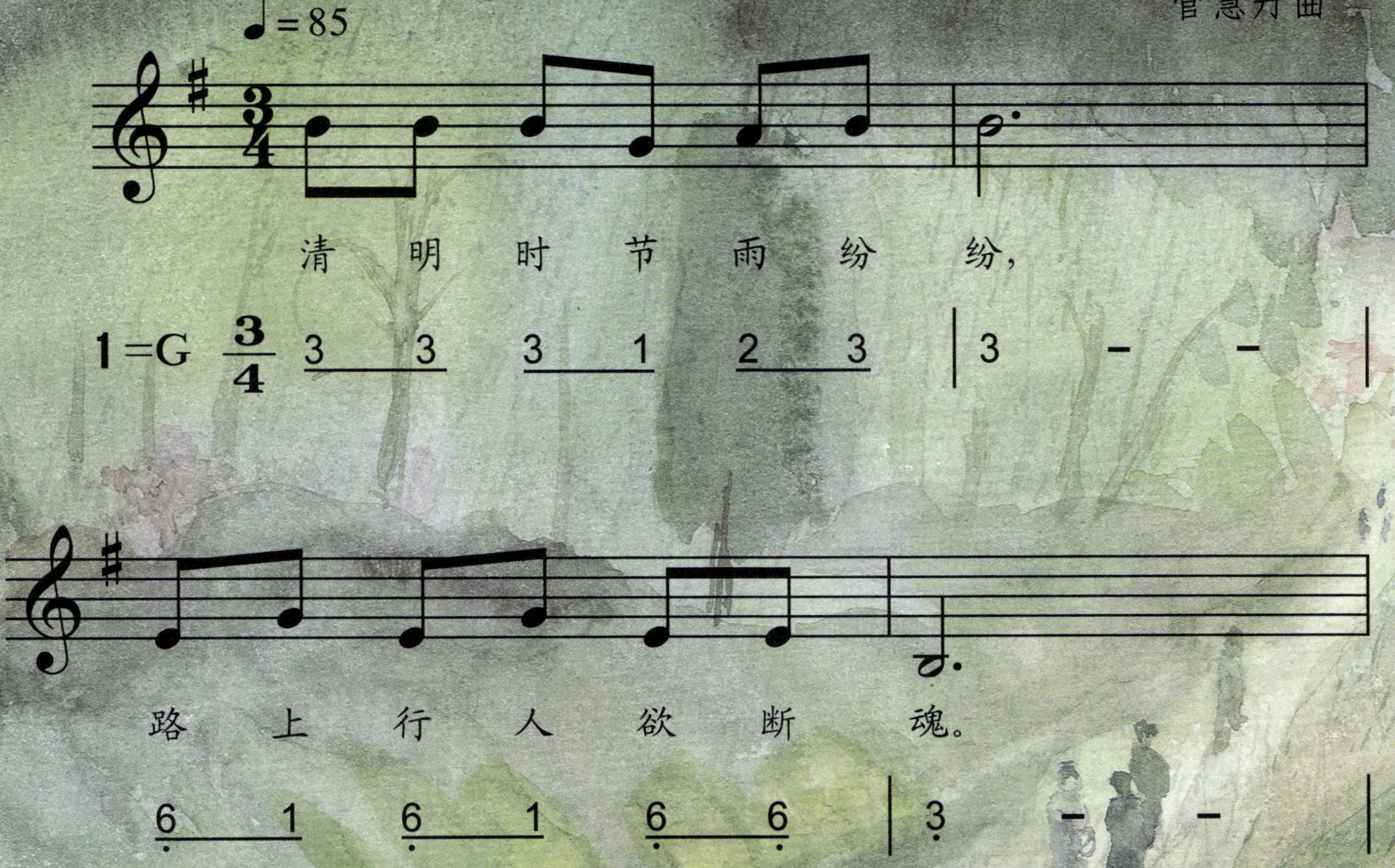
♩=85
清　明　时　节　雨　纷　纷，
1=G 3/4 3 3 3 1 2 3 | 3 – – |
路　上　行　人　欲　断　魂。
6 1 6 1 6 6 | 3 – – |

1.
2.
借问酒家何处有，
6 1 6 1 2 3 | 3 – – |
牧童遥指杏花村。
1 1 1 6 1 2 | 2 – – :|
牧童遥指杏花村。
1 1 1 6 6 | 3 5 6 – ||

所见

〔清〕袁 枚词
管慧丹曲

♩=108
牧 童 骑 黄 牛， 歌 声 振 林 樾。
1=C 3/4 3 3. 5 | 3 2 1 - | 4 4· 6 | 4 3 2 - |
意 欲 捕 鸣 蝉， 忽 然 闭 口 立。（哺 哺）
4 4· 4 | 5 6 6 - | 4/4 5 5 0 4 3 2 | 5 0 5 1 0 |

牧 童 骑 黄 牛， 歌 声 振 林 樾。
意 欲 捕 鸣 蝉， 忽 然 闭 口 立。（嘣 嘣）

晓出净慈寺送林子方

〔宋〕杨万里词
管慧丹曲

接天莲叶无穷碧，映日荷花别样红。
3 6 5 3 | #4 2 3 | 3 3 2 6 | 2 3 3 |
毕竟西湖六月中，风光不与四时同。
4/4 6 6 5 3 5 6 | 6 - - - | 6 6 5 3 #4 2 | 3 - - - |
接天莲叶无穷碧，映日荷花别样红。
3 6 5 3 #4 2 | 3 - - - |: 3 3 2 6 2 3 | 3 - - - :|

凉州词

〔唐〕王　翰词
管慧丹曲

♩=60
1=G 4/4
3 6 #5 6 3 3 1 7 6 | 3 3 #5 6 6 3 1 6 |
葡萄美酒夜光杯，欲饮琵琶马上催。
6 6 6 3 6 7 1 | 3 6 #5 7 6 1 6 1 6 ||
醉卧沙场君莫笑，古来征战几人回。

长相思

〔唐〕白居易词
管慧丹曲

鹿鸣

〔先秦〕选自《诗经·小雅》
管 慧 丹曲

♩=98
1=E 4/4
呦 呦 鹿 鸣，(呦 呦 鹿 鸣，) 食 野 之 苹。(食 野 之 苹。)
我 有 嘉 宾，(我 有 嘉 宾，) 鼓 瑟 吹 笙。(鼓 瑟 吹 笙。)

吹 笙 鼓 簧，（吹 笙 鼓 簧，）承 筐 是 将。（承 筐 是 将。）
5 5 3 2 | 5 5 3 2 | 3 3 6̣ 1 | 3 3 6̣ 1 |
人 之 好 我，（人 之 好 我，）示 我 周 行。（示 我 周 行。）
6̣ 1 3̣ 1 6̣ | 6̣ 1 3̣ 1 6̣ | 1 6̣ 3 3 | 1 6̣ 3 3 |

呦 呦 鹿 鸣，（呦 呦 鹿 鸣，）食 野 之 蒿。（食 野 之 蒿。）
3 3 3 6 1 | 3 3 3 6 1 | 6 1 3 1 1 | 6 1 3 1 1 |
我 有 嘉 宾，（我 有 嘉 宾，）德 音 孔 昭。（德 音 孔 昭。）
6 1 6 3 3 | 6 1 6 3 3 | 2 3 6 1 | 2 3 6 1 |

视民不恌，君子是则是效。
3 – 2· 3 | 5 – 3 3 | 6 1 3 – | 2 3 5 5 |
我有旨酒，嘉宾式燕以敖。
1 – 1 – | 6· 1 3 5 | 0 3 3 5 5 6 | 6 1 – – |
*

* 本页乐段可自由吟诵，节奏自由。

呦　呦　鹿　鸣，（呦　呦　鹿　鸣，）食　野　之　芩。（食　野　之　芩。）
3 3 3 6 1 | 3 3 3 6 1 | 6 1 3 1 5 6 | 6 1 3 1 5 6 |
我　有　嘉　宾，（我　有　嘉　宾，）鼓　瑟　鼓　琴。（鼓　瑟　鼓　琴。）
6 1 6 3 3 | 6 1 6 3 3 | 2 3 5 5 | 2 3 5 5 |

鼓 瑟 鼓 琴， 和 乐 且 湛。
3 - 3. 2 | 1. 2 3 - | 3. 5 3. 2 | 1. 2 3 0 |
我 有 旨 酒 以燕乐嘉 宾 之 心。
1 - 1 - | 6. 1 3 5 | 0 3 3 2 3. 5 3 2 | 1 2 3 - 0 ‖

索引

字母	歌曲名称	调式与调性	拍号	音域	节奏型	页码
C	池　上	B 羽雅乐七声调式	$\frac{6}{8}$ $\frac{3}{4}$		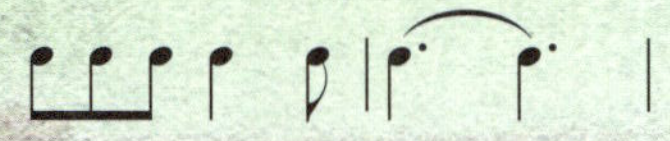	2
	敕勒歌	#F 角五声调式	$\frac{3}{4}$			19
	长相思	F 徵六声调式（加变宫）	$\frac{6}{8}$			33
D	登鹳雀楼	a、b、#c、#d、f、g 小调	$\frac{4}{4}$	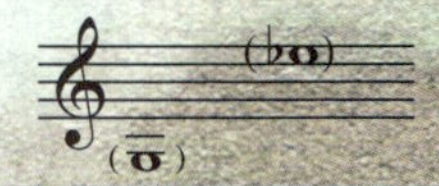		12
J	九月九日忆山东兄弟	G 商五声调式	$\frac{6}{8}$			16
	江　雪	G 商五声调式	$\frac{6}{8}$			8
	绝句二首·其一（节选）	E 徵五声调式	$\frac{6}{8}$	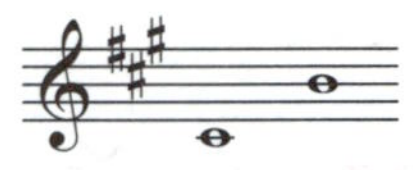		10

字母	歌曲名称	调式与调性	拍号	音域	节奏型	页码
K	客中初夏	D 商五声调式	$\frac{4}{4}$	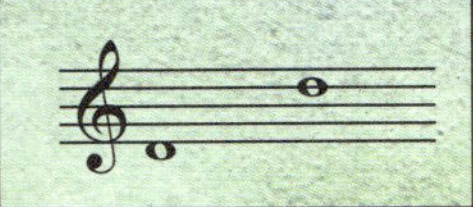	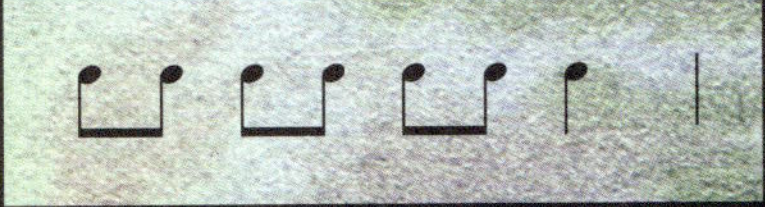	20
L	凉州词	e 和声小调	$\frac{4}{4}$		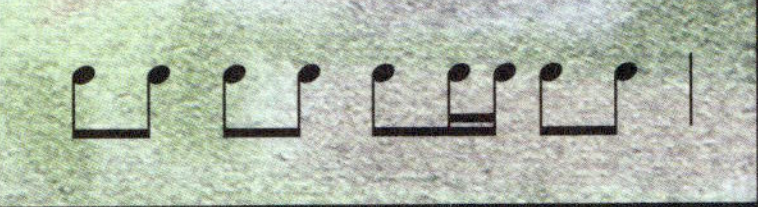	30
	鹿　鸣	#G 角五声调式	$\frac{4}{4}$		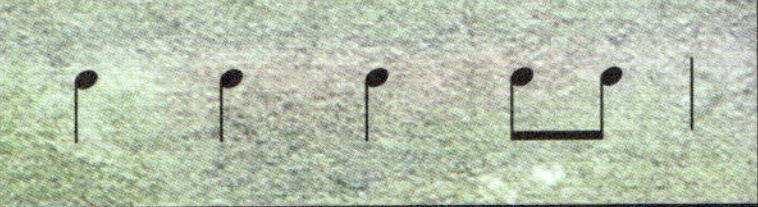	34
Q	清　明	E 羽五声调式	$\frac{3}{4}$	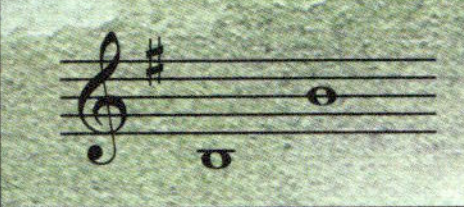		24
S	山居秋暝(节选)	D 宫五声调式	$\frac{4}{4}$		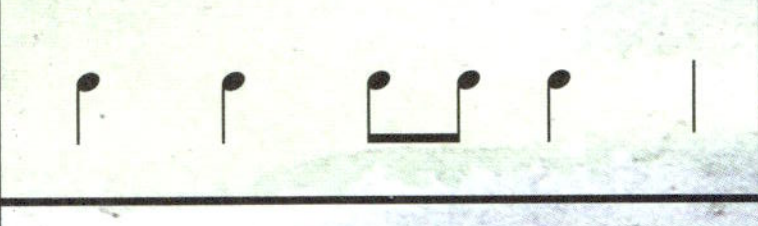	5
	所　见	C 大调	$\frac{3}{4}\frac{2}{4}\frac{4}{4}$	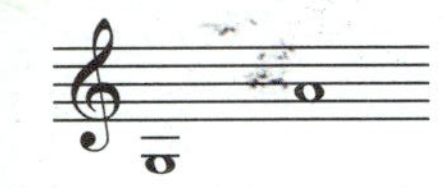	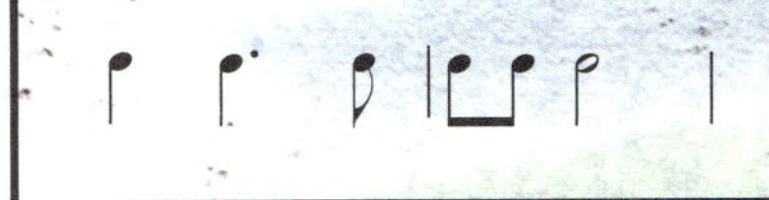	26
W	望庐山瀑布	b 小调	$\frac{4}{4}$ $\frac{8}{4}$		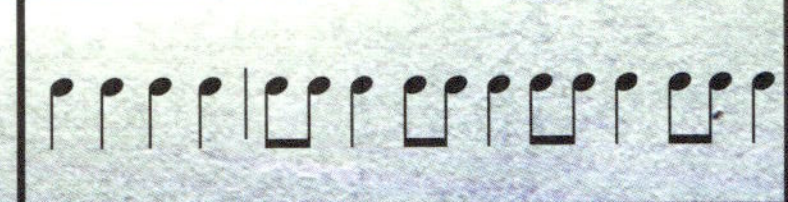	22
X	晓出净慈寺送林子方	E 角六声调式(加变徵)	$\frac{2}{4}$ $\frac{4}{4}$	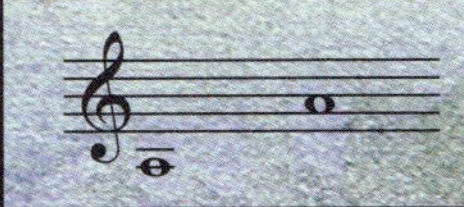	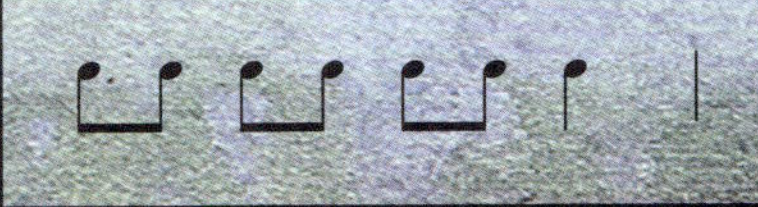	28
Y	约　客	E 大调	$\frac{6}{4}$	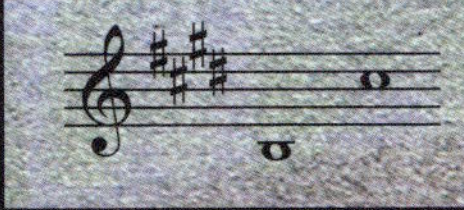	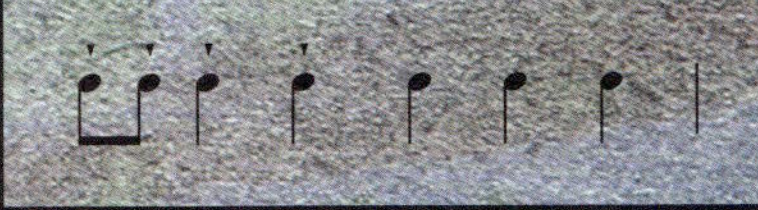	6

策划统筹：余　原
责任编辑：余　原
装帧设计：华　凯

音乐与古诗词系列

同唱古诗词（三）

管慧丹 作曲

中央音乐学院出版社

音乐与古诗词系列
同唱古诗词（三）
管慧丹 作曲 宋凤英 配图

目录

送灵澈上人

〔唐〕刘长卿词
管慧丹曲

绝句四首·其三

〔唐〕杜　甫词
管慧丹曲

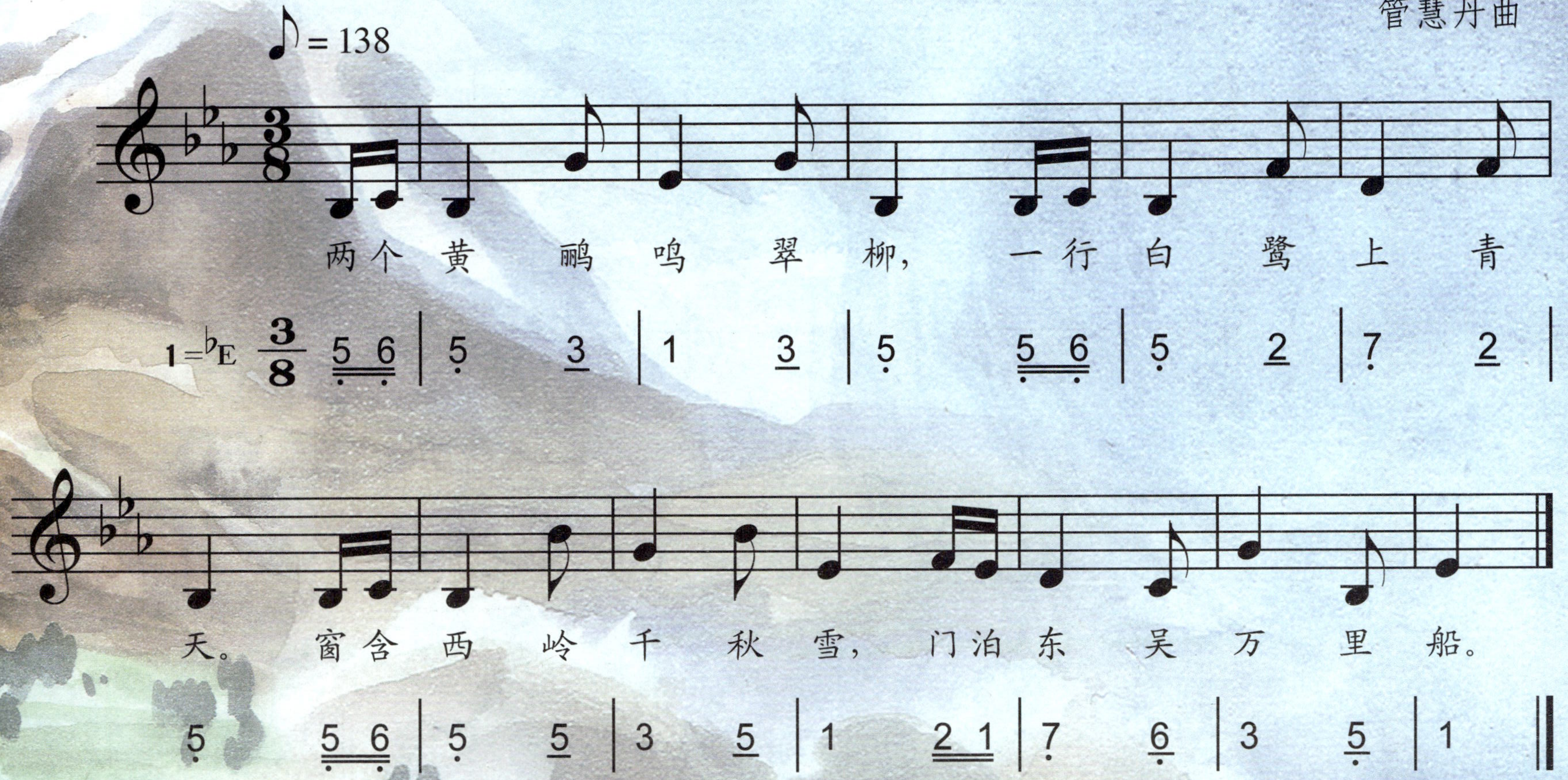
♪=138
1=♭E 3/8
两个黄鹂鸣翠柳，一行白鹭上青天。窗含西岭千秋雪，门泊东吴万里船。

山房春事二首·其二

〔唐〕岑　参词
管慧丹曲

♪=160
1=F 3/8
6 1 0 | 3 4 0 | 3 1 7 | 6· |
梁 园 日 暮 乱 飞 鸦，
6 1 0 | 3 4 0 | 4 3 2 | 3· |
极 目 萧 条 三 两 家。

庭树不知人去尽，
1 5 | 5 3 | 5 4 3 | 1 7 |
春来还发旧时花。
4 7 | 1 3 4 | 3 1 7 | 6· ||

梅花

〔宋〕王安石词
管慧丹曲

♩= 100
1=#F 3/4
5 5 0 5 0 5 | 5 3 - | 5 5 0 5 0 1 | 2 - - |
墙角数枝梅，凌寒独自开。
6 1 0 6 0 1 | 2 3 - | 5 5 0 5 5 2 | 1 - - ‖
遥知不是雪，为有暗香来。

浪淘沙九首·其一

〔唐〕刘禹锡词
管慧丹曲

桃花庵歌*（节选）

〔明〕唐　寅词
管慧丹曲

* 本曲可作为降调练声曲，如第一遍 1=♯F→B→E，第二遍 1=E→A→D，第三遍 1=D→G→C，第四遍 1=C→F→♭B，依此类推。本曲记谱所用调式（D大调、G大调、C大调）主要是因为其音域适合少年儿童演唱。

换酒钱，又摘桃花换酒钱。酒醒只在
5 6 6 | 1 6 6 6 | 5 6 6 | 4/4 6 2 6 2 |
花前坐，酒醉还来花下眠。半醒半醉
6 2 6 5 | 6 2 6 2 | 6 5 6 6 - | 6 2 6 2 |
日复日，花落花开年复年。
转1=C（前5=后2）
6 2 6 5 | 1 1 1 1 | 6 1 1 6 6 - ||

时雨（节选）

〔宋〕陆　游词
管慧丹曲

♩=86
时 雨 时 雨 及 芒 种，四 野 四 野 皆 插 秧。
1=F 4/4 7 1 7 1 3 3 4 | 7 1 7 1 3 3 4 |
家 家 家 家 麦 饭 美，处 处 处 处 菱 歌 长。
转 1=C（前 7 = 后 3）
3 3 3 3 3 1 7 | 4 4 4 4 3 1 7 ‖

行香子

〔宋〕秦　观词
管慧丹曲

♪=220
1=F 9/8
1. 树 绕 村 庄， 水 满 陂 塘。
2. 远 远 围 墙， 隐 隐 茅 堂。
5 1 3 3· 3· | 6 4 5 2· 2· |
倚 东 风， 豪 兴 徜 徉。
飏 青 旗， 流 水 桥 旁。
4 3 2 1· 1· | 2 6 7 5· 5· |

＊本曲“旋律动机”来自墨西哥电影《生的权利》主题曲《睡吧，宝贝》。

小园几许，收尽春光。有桃花红，(有)李花白，(有)菜花黄。
偶然乘兴，步过东风。正莺儿啼，(正)燕儿舞，(正)蝶儿忙。

天净沙·秋思

[元]马致远词
管慧丹曲

清平乐·村居

〔宋〕辛弃疾词
管慧丹曲

♩=70
茅 檐 低 小， 溪上青 青 草。 醉 里 吴 音
1=F 3/4
6 1 6 3 3 | 6 1 6 6 3 | 1 6 6 3 3 2 |
相 媚 好， 白 发 谁 家 翁 媪。
#4 3 2 1 2 | 6 1 3 6 | 3 5 6 6 |

♩= 140
大儿锄豆溪东，中儿正织鸡笼。
3 3 3 2 | 1 3 2 0 | 2 2 2 1 | 6 2 1 0 |
最喜小儿无赖，溪头卧剥莲蓬。
1 6 6 3 | 3. #4 3 | 2 2 2 1 | 6 7 6 – |

♪ = 140
啦 啦啦 ……
啦 啦啦 ……
啦 啦啦 ……
啦 啦啦 ……
♩ = 70
茅 檐 低 小，
溪 上 青 青 草。
醉 里 吴 音
相 媚 好，
白 发 谁 家 翁 媪。

赠汪伦

〔唐〕李　白词
管慧丹改编

* 本曲根据"安徽穿心调"改编。

忽闻 岸上踏歌声。哎
哟！哎 哟！桃花潭水 深千尺，

不及 汪 伦 送 我 情。 哎 嗨哎 嗨 哎！
2 2 3 2 3 2 1 6 5 6 | 1 - - - | 6· 1 6 1 2 - |
不 及 汪 伦 送 我 情， 送 我 情。
5 4 5 6 5 3 | 2· 3 2 1 6 6 1 | 2· 3 2 1 6 5 - ‖

黄鹤楼送孟浩然之广陵

〔唐〕李　白词
管慧丹改编

＊本曲根据某江苏山歌改编而成。

故人西辞黄鹤楼，
转 1=D（前 2=后 5）
5 6 5 5 6 | 6 - - - | 5 6 2 - | 2 - - - |
烟花三月下扬州。
1 2 3 2 2 1 | 6 - - 1 | 3 2 2 1 6 | 6 5 5 - |

孤 帆 远 影 碧 空 尽， 唯 见 长 江 天 际 流。
5 1 6 5 1 6 5 1 6 5 6 | 5 1 6 5 1 6 5 1 6 5 6 |
孤 帆 远 影 碧 空 尽， 唯 有 长 江 天 际 流。
转 1=G（前 6=后 3）
5 1 6 5 1 6 5 1 6 5 6 | 5 1 6 5 1 6 5 1 6 5 6 |

♩=80
孤帆远影碧空尽，
5 6 5 6 2 - | 1 2 5 - | (6 5 3 3 3 2 1 2 3 5 |
3 5 3 2 - -) | 1 2 1 2 1 6 1 | 3 2 2 1 6 6 5 5 |
唯见长江天际流。
(5 3 3 2 1. 6 7 6 | 5 6 3 2 2 1 6 | 6 5. 5 0) ||

云对雨，雪对风

节选自《声律启蒙》

〔清〕车万育等词
管 慧 丹曲

衔 泥 双 紫 燕， 课 蜜 几 黄 蜂。
3 3 3 6 | 5 - - 6 | 6 7 6 5 3 7 | 6 - - - |
云 对 雨， 雪 对 风， 晚 照 对 晴 空。
春 对 夏， 秋 对 冬， 暮 鼓 对 晨 钟。
|: 7 2 7 6 3 | 7 2 7 6 6 - | 7 2 7 6 3 2 3 | 6 - - - :|

3/4
落叶舞风高复下，小荷浮水卷还舒，
春日园中莺恰恰，秋天塞外雁雍雍。
3 3 2 3 | 5 6 6 2 | 2 2 1 2 | 3 5 3 1 3
4/4
云对雨，雪对风，晚照对晴空。
春对夏，秋对冬，暮鼓对晨钟。
7 2̇ 7 6 3 - | 7 2̇ 7 6 6 - | 7 2̇ 7 6 3 2 3 | 6 - - -

早秋曲江感怀(节选)

〔唐〕白居易词
管慧丹曲

Fine
池上秋又来，荷花半成子。
D.C.
离离暑云散，袅袅凉风起。池上秋又来，荷花半成子。

苏幕遮

〔宋〕范仲淹词
管慧丹曲

♩=90
1=♭B 4/4
1. 碧云天，黄叶地，秋色连波，
2. 黯乡魂，追旅思，夜夜除非，
波上寒烟翠。山映斜阳天接水，
好梦留人睡。明月楼高休独倚。

1.
2.
芳 草 无 情， 更 在 斜 阳 外。
酒 入 愁 肠， 化 作
3 1 6 3 | 2 - - 3 2 | 1 6. 1 2 - :‖ 2 - - 3 2 |
相 思 泪。化 作 相 思 泪。化 作 相 思 泪。
1 6. 1 2 3 2 | 1 6. 1 2 3 2 | 1 - 2 3 | 6 - - - ‖

虞美人

〔五代〕李　煜词
管慧丹曲

中。 雕栏玉砌应犹在，
只是朱颜改。 问君能有几多愁，
恰似一江春水向东流。

索引

字母	歌曲名称	调式与调性	拍号	音域	节奏型	页码
S	时　雨（节选）	F 大调 / C 大调	4/4	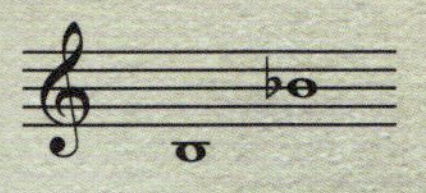		15
	苏幕遮	G 羽五声调式	4/4	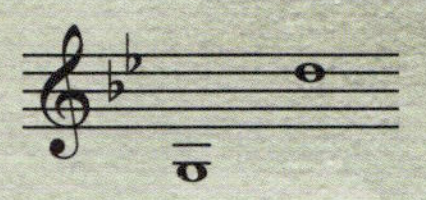		38
T	桃花庵歌（节选）	E 商 / D 徵 / A 羽五声调式	4/4 3/4	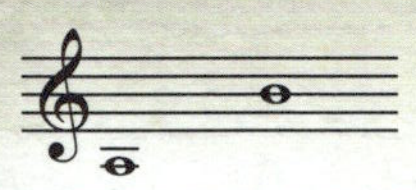		12
	天净沙·秋思	G 徵五声调式	2/4	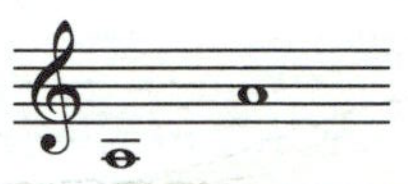		18
X	行香子	F 大调	9/8			16
Y	云对雨，雪对风（节选自《声律启蒙》）	a 小调	4/4			32
	虞美人	d 和声小调	12/8			40
Z	赠汪伦	D 徵六声调式（加清角）	4/4			24
	早秋曲江感怀（节选）	#E 角六声调式（加变徵）	4/4 3/4			36

后记

古诗词以最精炼的语言蕴含了古人对四时景观、自然万物、社会人文的体察和感受，风格或委婉清丽，或豪迈旷达，其细腻的情感表现、丰富的节奏韵律常使人在品读时，像是有音乐呼之欲出、流淌而来。

诗虽有相对固定的格律，但每一首所表达的意蕴和情感都不同。音乐旋律必须能独立展开，又和诗词同时表现相同的情感，否则形态各自独立，曲不达词意。儿童更是对词曲的统一性有最直觉的感受力，笔者也发现，歌曲是不是受儿童欢迎，和音乐意境的表现力、词曲契合度直接相关。因此，作曲者在创作歌曲时，所追求的最大目标莫过于“词曲和谐”。

词

中国古典诗词有一种宝贵的特质，蕴含着兴发动人的力量。通过歌唱的形式表达诗歌，既有利于儿童理解古诗词的意境，也可以增加音乐和诗词双重的美感体验。正是由于诗词与歌赋的天然契合，常被约为儿童创作古诗词歌曲。

这套曲集主要源自近年来为教材、合唱队、小学学堂乐歌所写的作品，整理后发现已经积累了大量诗词作品。所选的诗词作品，有的从物到人，有的虚实相间，有的简要明快，有的借景抒怀，有更复杂的社会与情感背景。曲集出版前夕，正值本系列作品在中国音乐学院附属实验学校小学部开展“古诗新唱”课程，根据儿童的学习活动反馈，在诗词和音乐的难度上，参考了多位教育专家、一线教育者的意见。最终根据儿童生活经验、理解能力选择了利于理解、能引起共鸣的主题，选用了 48 首，分成 3 册，每册 16 首。

《画》《咏鹅》《山村咏怀》《江南》等作品侧重于对田园物景具象的描绘，放在第 1 册中。第 2 册逐渐过渡到《池上》《长相思》《所见》《登鹳雀楼》等动静结合、采景喻情的作品。到了第 3 册，除了《梅花》《浪淘沙》《桃花庵歌》等虚实相间，体现古代文人精神品格的诗作外，还采用了《天净沙》《清平乐》等经典的词牌作品。

曲

在儿童感受力最强的时期，通过朗朗上口的诗词歌唱，既是对中华文明最好的传承，也是潜移默化的音乐教育。在本曲集整理过程中，除了在诗词方面分为由浅入深的三本，在音乐难度上，也根据音乐学习的规律来整理。为了便于学习和教学，在索引中标注出调式与调性、节拍、调号、音域、主要节奏型。

48 首歌曲中，包含了宫／商／角／徵／羽五声调式、加清角／变徵／变宫六声调式、雅乐七声调式、大调、小调、和声小调。为了便于歌唱，利用歌词的变化、诗词意境来契合旋律的发展。古诗词的语汇之丰富，反而使得各种调式、转调的发生和变化都更为自然，尤其是在五声、六声和七声的民族调式运用中。

整套曲集有包含$\frac{3}{4}$、$\frac{3}{8}$、$\frac{4}{4}$、$\frac{8}{4}$、$\frac{2}{4}$、$\frac{5}{4}$、$\frac{12}{8}$、$\frac{9}{8}$、$\frac{6}{8}$多种节拍，节拍和节奏的选择主要的原则是与诗词韵律自然吻合，部分曲子出现节拍的转换，也是基于诗词的特点。

旋律音高与音域方面，第 1 册主要音域都在 c^1-a^1 之间，第 2 册为使旋律变化而不单调，使用 $g-c^1$ 、a^1-d^2 作为补充。低音域和高音部分在一个曲子中只出现 1—2 次，且不作为长音使用，便于各种嗓音条件和音域的人歌唱。

在教学活动中，有一些歌曲孩子非常喜欢，却常有成人觉得音乐没有结束，或者找不到节拍。如《桃花庵歌》，$\frac{4}{4}$与$\frac{3}{4}$的结合，孩子觉得非常有趣，并不觉得难，甚至有 4 岁的孩子能唱，这也符合我对儿童的音乐学习心理的观察和研究。如果早期的音乐学习中有丰富的调式和节奏节拍，会为儿童后期接受和学习多种多样的音乐建立基础。

和

音乐意境与诗词的内容、节律的自然统一，诗词难度的适龄范围和音乐难度的适龄范围契合，诗词学习与音乐教育价值的结合是本套曲集所追求的。

有几首歌曲在与孩子的互动中产生，一次即兴呵成，一个音都不再改，如《画》《江南》《竹枝词》《鹅》。而有一些歌曲则根据不同年龄段老师的需要写了三五个版本，比如《春晓》就写了 5 首。最后出版选择时，根据诗词的深度，把《春晓》放在第 1 册，也就使用了较为简单的版本。

作品前部分，主要考虑歌曲难度要与诗词内容适宜的年龄相匹配、节奏节拍的变化处理打破相对固定的语词节奏结构，体现每一首诗独特的情感。五言、七言格律的四句诗，在结构处理上重复性较强，这也很符合低龄儿童对于重复性的需求。到了宋词的部分，音乐的结构便得以施展了。长短句、节拍变化、乐段对比就得以体现。如，《清平乐・村居》中，A 段跳音和连音的对比，B 段速度和节拍变化，A 段再现，使画面更为丰富。

谐

这套古诗词曲集的出版完全是集体的智慧结晶。中央音乐学院出版社余原老师为本系列的出版投入了大量智慧和精力；李妲娜教授对诗词音乐在具体教学中的运用多次提出宝贵的建议；同事任丽敏、李卓锐等卓越的音乐教育者，在歌曲难度、不同年龄教学设计方面提出许多建议，并在各学校进行了充分的尝试和运用；教学期间孩子们在教学活动中表现出的兴趣和能力，对音乐风格广度、难度的接纳和快速学习能力也给了我信心；同事徐蓉、倪莉为项目提供了最及时和恰当的资源支持；王谦博士对本系列的创作多次提出宝贵的建议；画家宋凤英女士在百忙之中为本套作品创作配画；《父母必读》编辑柳佳女士对本套曲集中的诗词版本进行了精心的验校和考究。各位老师、同事、朋友们对本曲集所作出的努力都是缺一不可的。

非常感谢各位老师、同仁对本曲集发行的支持，也感谢每一位阅读、歌唱、演奏本曲集的大小朋友，欢迎各位读者、歌者、大小朋友们批评指正。

管慧丹

2017 年 3 月

策划统筹：余　原
责任编辑：余　原
装帧设计：华　凯